Jürg Obrist
Eine heiße Spur für Kommissar Maroni

© privat

Jürg Obrist, geboren 1947, erlernte den Beruf des Retuscheurs und besuchte die Fachklasse Fotografie an der Schule für Gestaltung, Zürich. Nach einem langjährigen USA-Aufenthalt lebt er heute als freier Illustrator und Autor mit seiner Familie in Zürich.
Die aufregenden Fälle um Kommissar Maroni entstanden ursprünglich für das Schweizer Schülermagazin SPICK. Wenn Jürg Obrist sich nicht gerade neue Fälle für Maroni oder für die beliebten Detektive Kalle Bohne und Gitta Gurke ausdenkt und in Szene setzt, gestaltet er auch Bilder- und Kinderbücher und arbeitet für zahlreiche Kinder- und Jugendzeitschriften.
Weitere Titel von Jürg Obrist bei dtv junior: siehe Seite 4

Jürg Obrist

Eine heiße Spur für Kommissar Maroni

40 neue Minikrimis zum Mitraten

dtv

Von Jürg Obrist sind außerdem bei dtv lieferbar:
Ein Fall für Kommissar Maroni
Lauter klare Fälle?!

Originalausgabe
4. Auflage 2024
© 2016 dtv Verlagsgesellschaft mbH & Co. KG
Tumblingerstraße 21, 80337 München
verlag@dtv.de
Umschlag- und Innengestaltung: Jürg Obrist
Gesetzt aus der Akzidenz Grotesk 11,5/16°
Satz: Eberl & Koesel Studio, Kempten
Druck und Bindung: Esperia srl, Lavis
Printed in Italy • ISBN 978-3-423-71691-8

Verflixt, da kann nur Kommissar Maroni helfen!

Kommissar Maroni ist wieder im Einsatz: 40 neue Fälle warten auf ihn! Unermüdlich spürt er Gauner und Verbrecher auf, kommt ihnen auf die Schliche und bringt sie schließlich hinter Gitter.

Wie er das macht? Das kann man hier erfahren. Denn hier werdet ihr wieder selbst zu Detektiven! Manchmal findet man die Hinweise im Bild, manchmal im Text. Nur wer genau liest und die Bilder genau anschaut, wird fündig.

Oh, Kommissar Maroni ist bereits aufgebrochen, um seinen neuesten Fall zu lösen. Beeilt euch, damit ihr ihn nicht verpasst …

Top Secret!

Libor Melroy von der Firma ›Melroy Parfums‹ hat einen neuen sensationellen Herbstduft, ›L'air du Novembre‹, für die feine Dame kreiert. Er will ihn am heutigen Sonntagabend im November der Presse vorstellen. Doch kurz vor der Präsentation trifft ihn fast der Schlag: Das Fläschchen ist unauffindbar! Mittags stand es noch im Labor – jetzt ist es einfach weg!

Melroy ruft Kommissar Maroni an. Dieser erscheint 20 Minuten später im Labor und stellt sofort fest: »Nur jemand mit einem Laborschlüssel kann sich hier reingeschlichen und das Parfum entwendet haben.«

Neben Melroy haben nur seine drei engsten Mitarbeiter Vila Mori, Rolli Zibo und Nella Moops einen solchen Schlüssel. Maroni macht sich unverzüglich an die Befragung der drei möglichen Täter. Auf die Frage, wo sie am Nachmittag waren, antworten die drei wie folgt:

Vila Mori, Melroys Assistentin, gibt an, sie sei Punkt elf Uhr zum Brunch ins Restaurant ›Sonne‹ gefahren. Dort habe sie den ganzen Nachmittag mit einer Freundin verbracht. Als Beweis zeigt sie ein Foto des Treffens auf ihrem Handy.

Rolli Zibo, der Parfüm-Vertreter, erklärt, er sei am Nachmittag mit einer Kollegin zum Fußballspiel FC Basel–FC Zürich gegangen. Rolli präsentiert sein Ticket.

Nella Moops, Melroys Laborantin, sagt aus, sie sei den ganzen Sonntag mit ihrem Mann in einer Schmetterlings-Ausstellung in Luzern gewesen. Sie habe zwei Pfauenaugen gekauft. Stolz zeigt sie Maroni das Kästchen mit den Schmetterlingen.

Maroni lacht: »Eines der Alibis kann nicht stimmen. Und wer schummelt, tut das nicht ohne Grund, sondern hat das Parfum geklaut!«

Welches Alibi ist falsch?

Marthas magische Glaskugel ist weg

Zu Ostern gastiert der Zirkus Radoni auf der Stadtwiese. Clown Nico verteilt als Osterhase verkleidet im Publikum Schokoeier. Mit seinen riesigen Füßen und den Glöckchen an den Hasenohren ist er der Liebling der Kinder. Auch Kommissar Maroni besucht die Vorstellung. Danach begibt er sich zum Zirkusdirektor, den er von früher kennt, um ihm zur Show zu gratulieren. Vor einem Zirkuswagen diskutieren einige aufgebrachte Artisten heftig miteinander. Alle reden auf Clown Nico ein. Er steckt immer noch in seinem Hasenkostüm. »Gib's zu: Du hast Martha die magische Glaskugel geklaut! Karlo hat gesehen, wie du aus ihrem Wagen gekommen bist!«

Nico widerspricht: »Das ist gelogen! Ich kam zwar an Marthas Wagen vorbei, aber drin war ich nicht! Jemand will mir die Sache anhängen!«

Martha, die Wahrsagerin, seufzt: »Ohne meine Glaskugel kann ich nicht arbeiten!«

Maroni stellt sich vor und sagt: »Vielleicht kann ich helfen? Martha, wo waren Sie, als der Diebstahl geschah?«

Martha erklärt: »Wie immer nach der Show habe ich mich in meinem Wagen kurz hingelegt, um mich zu erholen. Ich habe nichts gehört.«

Maroni lächelt: »Dann weiß ich, wer es bestimmt nicht war und wer die Tat begangen hat.«

Wie kommt Maroni zu seinem Schluss?

Fangt den Umweltsünder!

Nosil Motz ist seinen Nachbarn schon lange ein Dorn im Auge. Sein Haus und der Garten gleichen einer Müllkippe. Alles, was er nicht mehr braucht, wirft er einfach zu Tür und Fenster hinaus. Er soll sogar nachts sein Gerümpel im nahen Wald entsorgen. Erwischt hat man ihn allerdings noch nie. Gerade entdeckt Förster Büschle eine halbe Wohnungseinrichtung im Waldbach. Büschle brummt: »Das war garantiert Nosil! Jetzt muss sich Kommissar Maroni um die Sache kümmern. Dem Umweltsünder muss das Handwerk gelegt werden!«

Kurz darauf zeigt Büschle dem Kommissar die Sauerei im Wald. Maroni staunt. Da liegen ganze Möbelstücke, ein Fernseher und Autoreifen im Bach. Er macht ein paar Beweisfotos und begibt sich dann gleich zu Nosil. Doch angesprochen auf den Müll im Bach, lacht Nosil nur: »Das müssen Sie mir erst einmal beweisen. Ich habe eine saubere Weste!«

»Oh, da bin ich aber ganz anderer Meinung. Ich bin sicher, dass Sie der Übeltäter sind!«, grinst Maroni. »Sie sind überführt!«

Was hat Maroni bei Nosil als Beweis entdeckt?

Kommissar Maroni, kommen Sie schnell! Ich wurde eben bestohlen ...

Kein schlauer Dieb ...

Hulda Schenks gesamte Tageseinnahmen sind verschwunden. Sie verdächtigt Luz Mock, den zwielichtigen Gast aus Zimmer Nr. 34 ihrer Pension ›Zur Ruhe‹. Kommissar Maroni will Mocks Zimmer sehen, aber es ist verschlossen und Mock ist nicht da. Doch der Kommissar muss nicht lange warten, denn kurz darauf betritt der Gesuchte die Pension. Maroni fragt ihn sofort, was er heute gemacht habe. Mock erklärt, seit 8 Uhr morgens in der Stadt gewesen zu sein. Maroni geht mit Mock auf sein Zimmer und schaut sich um. Schon bald weiß er, dass der Verdächtige lügt und noch kurz zuvor in seinem Zimmer gewesen sein muss.

12 Was ist Maronis Beweis?

Ein Wintermärchen

Kommissar Maroni streckt seine Beine und macht es sich gemütlich. »Endlich mal ein bisschen Ruhe!«, lacht er. Die ganze Nacht lang hat es geschneit und eine dicke Schneedecke hat die Stadt in eine weiße Märchenwelt verwandelt. Doch in diesem Moment läutet Maronis Telefon.

Aufgeregt meldet sich Ulf Konsing: »Bei uns wurde heute Morgen eingebrochen. Können Sie bitte schnell vorbeikommen?«

Der sehr wohlhabende Konsing wohnt in einer prächtigen Villa am Stadtrand. Zum Haus gehört ein schöner Park, dahinter beginnt der bekannte Landauerwald.

Konsing erwartet Maroni bereits an der Haustür: »Danke, dass Sie so rasch kommen!«, sagt er und führt den Kommissar in den Salon. Maroni sieht, dass die Scheibe der Balkontür eingeschlagen ist.

Konsing erzählt: »Meine Frau verwahrt ihren Schmuck im Schrank da drüben auf. Nun ist er weg! Alle Diamanten, Ketten und Broschen geklaut! Schrecklich! Der Dieb muss vom Wald her durch den Park reingekommen sein und sehr schnell gehandelt haben. Ich habe ihn noch in letzter Sekunde gesehen, wie er zurück in den Wald flüchtete. Er war sehr groß und trug eine braune Daunenjacke.«

Maroni schaut sich im Salon um und sucht nach Hinweisen. Die kleine Schmucktruhe liegt am Boden, einige leere Schmucketuis und eine zerbrochene Vase daneben.

»Ist Ihr Schmuck gegen Diebstahl versichert?«, will Maroni wissen.

»Zum Glück ja!«, stöhnt Konsing. »Er ist nämlich äußerst wertvoll!«

Maroni sieht, dass es wieder ganz fein zu schneien begonnen hat. Er kratzt sich am Kinn. »Irgendwas stimmt hier nicht, aber was?«, grübelt er.

Erst auf dem Heimweg wird ihm plötzlich alles klar: Konsing will seine Versicherung betrügen, indem er den Diebstahl selber inszeniert und diese tolle Geschichte erfunden hat!

Was ist Maronis Beweis?

Torte für Liebhaber

In Noldes Haus ist seit 20 Uhr eine tolle Kostümparty im Gange! Auch Kommissar Maroni ist als Koch maskiert zu Gast.

»Hier ist aber was los!«, staunt die hübsche Lola, die etwas später als Kellnerin verkleidet erscheint. Der als Pirat kostümierte Nolde möchte sie schon lange näher kennenlernen, aber auch ›Sträfling‹ Leo umschwärmt sie heftig. Das wiederum macht Tollo, als muskulöser Tarzan, eifersüchtig, denn auch er wirbt um Lolas Gunst. Doch Lola tanzt nur mit Nolde. Tollo grollt ein wenig, widmet sich dann aber ausgiebig dem üppigen Buffet im Durchgang zur Küche. Leo, der bereits etwas zu viel getrunken hat, legt sich aufs Sofa und fällt gleich in einen tiefen, friedlichen Schlaf. Die Party nimmt ihren Lauf, als zehn Minuten später plötzlich die Lichter ausgehen!

Nolde begibt sich in den Keller und kann die Panne nach kurzer Zeit beheben. »Es hat eine Sicherung rausgehauen!«, ruft er von unten. Doch nach weiteren fünf Minuten platzt er aufgebracht in die Runde: »Wer hat die Überraschungstorte in der Küche platt gewalzt?«, schreit er empört. Er hat natürlich seine zwei eifersüchtigen Konkurrenten um Lolas Gunst im Verdacht.

Kommissar Maronis Neugier ist sofort geweckt: Sachte weckt er Leo, der noch immer auf dem Sofa pennt, und befragt ihn zu der Torte.

Dieser fährt empört hoch: »Was soll ich? Ich habe doch schon geschlafen, als das Licht ausging. Ich weiß von nichts!«

Tollo meint ebenso entrüstet: »Nur weil ich in der Nähe der Küche am Büffet war, heißt das noch lange nicht, dass ich die Torte zerstört habe.«

Doch Maroni grinst: »Einer von euch sagt nicht die Wahrheit!«

Welcher der beiden lügt und hat die Torte auf dem Gewissen?

Auf den Hund gekommen

Einen Tag vor dem Windhunderennen in Hechelhausen wird Bernd
Larch nervös. Er befürchtet, dass der fiese Karo Mief das Rennen mit
seinem Hund Bolt um jeden Preis gewinnen will – und Larchs Hund
Nötzi mit einem Trick außer Gefecht setzen will. Mief ist bekannt für
seine Tricks, daher bittet Larch Maroni, am Abend das Haus seines
Konkurrenten zu überwachen. Also beobachtet Maroni heimlich Miefs
Haus. Doch alles bleibt ruhig; um 23 Uhr gehen die Lichter aus. Mief
ist offenbar schlafen gegangen. Maroni bleibt noch eine
halbe Stunde und begibt sich dann nach Hause.

Miefs Haus in der Nacht

Um 7 Uhr morgens läutet Maronis Telefon Sturm. Am anderen Ende schreit Larch völlig außer sich: »Wo waren Sie? Jemand hat meinem Nötzi eine Wurst mit Schlafmittel durchs halb offene Fenster zugeworfen. Nötzi liegt im Tiefschlaf. Das Rennen ist für uns gelaufen!«

Maroni ist bestürzt: »Oh! Bin ich zu früh nach Hause gegangen? Ich werde mir Mief sofort vorknöpfen!«

 Was haben Sie letzte Nacht gemacht? Haben Sie das Haus nach 24 Uhr verlassen?

Gähn ... Was wollen Sie so früh am Morgen? Ich habe bis eben geschlafen, und das seit 23 Uhr. Da bin ich wohl kaum außer Haus gewesen!

Ist Mief tatsächlich die ganze Nacht nicht aus dem Haus gewesen, wie er behauptet?

Am nächsten Morgen

Musik für Maroni

Polizeichef Matti bittet Maroni um Unterstützung: »Heute Abend wird das Sinfonieorchester aus Kaskasien für eine Konzerttournee am Flughafen eintreffen. Es gibt Hinweise, dass ein Orchestermitglied eine größere Menge Kaviar ins Land schmuggeln will. Können Sie …?«

Klar kann Maroni. »Ich kümmere mich darum«, antwortet er.

Maroni begibt sich am Abend zum Ausgang des Flughafens. So kann er die Truppe gleich nach Ankunft im Auge behalten. Die Musiker kommen eben aus der Ankunftshalle und tragen ihr Gepäck zum bereitstehenden Bus, der sie ins Hotel bringen soll. Maroni macht unauffällig ein paar Fotos von der Gruppe. Alles scheint normal.

»Nichts Auffälliges bisher«, meldet er an Matti. »Aber ich bleibe dran. Vielleicht gibt es Neuigkeiten, wenn die Musiker im Hotel sind!«

Am folgenden Tag üben die Musiker im kleinen Saal des Hotels, wo aber keine Zuschauer zugelassen sind. Um 19 Uhr bringt sie dann der Bus zur Konzerthalle, um 20:15 Uhr beginnt das zweistündige Konzert. Kommissar Maroni sitzt oben auf der Galerie und genießt die Musik. Fast hätte er seinen Auftrag vergessen, da fallen ihm die Fotos ein, die er am Flughafen gemacht hatte. Aufmerksam betrachtet er die Bilder auf seinem Handy. Mit einem Schlag ist ihm klar, wer den Kaviar ins Hotel geschmuggelt hat und wie ihm das gelungen ist.

Was hat der Kommissar entdeckt?

Eiskalte Erpressung

Baronin von Weckelburg genießt die Winterferien im Hotel Castel D'Or in St. Moritz. Die 86-jährige Dame, ihr Neffe Gottfried und der kleine Pudel Lussy werden vom Chauffeur Johann zum Hotel gefahren. Seit einiger Zeit leidet die Baronin an einem leichten Lispeln.

So spricht sie das S als ein F aus. Eine Tasse Kaffee wird bei ihr zur ›Taffe Kaffee‹!

Für ihre Hotelsuite steht der Baronin seit ihrer Ankunft am Morgen die Zimmerdame Uschi zur Seite. Diese sorgt rund um die Uhr für das Wohlergehen der alten Dame. Am späten Abend hört man plötzlich den lauten Schrei der Baronin durchs ganze Haus. Gottfried, Johann und Uschi eilen sofort herbei. Die Baronin flüstert kreidebleich: »Luffy ift weg! Und hier …« In ihren zitternden Fingern: ein Erpresserbrief!

Zum Glück weilt Kommissar Maroni in einem nahen Gästehaus. Gottfried ruft ihn sofort an und Maroni kommt gleich vorbei. Er lässt sich alle vorstellen und schaut den Zettel an. Maroni erfährt, dass Gottfried, Johann und Uschi die einzigen Personen sind, die mit der Baronin zusammen waren, seit sie im Hotel ist. Folglich muss einer von ihnen hinter der Erpressung stecken. »Ich muss Sie leider alle befragen, was Sie heute Abend gemacht haben«, erklärt der Kommissar. Kaum hat er die Aussagen der drei gehört, meint er: »Ich weiß, wer den Erpresserbrief geschrieben hat!«

Wer ist der Erpresser?

Gottfried:

Also hören Sie! Das wäre ja noch schöner, wenn ich meine eigene Tante erpressen würde! Während sie ein Nickerchen machte, war ich unten in der Bar. Sie können ja nachfragen.

Uschi:

Ich war doch immer hier im Salon. Als sich die Frau Baronin kurz hinlegte, ging ich in die Küche, um mehr Tee zu holen. Johann brachte das Hündchen etwa um 17 Uhr zurück.

Johann:

Ich habe die Herrschaften heute Nachmittag zum Eisfeld gebracht. Das Hündchen blieb im Auto, da es zu kalt war. Die Frau Baronin und Fräulein Uschi sind dann zu Fuß zum Hotel zurückgegangen.

Maroni auf Safari

Kommissar Maroni ist in Kenia auf Safari! Er wollte schon immer einen afrikanischen Wildlife-Park besuchen, um Tiere in der freien Wildnis zu beobachten. Maroni ist mit einer kleinen Gruppe per Geländewagen in einem dieser riesigen Parks unterwegs. Ajono, der Chauffeur und Leiter der Safari, erklärt viel Wissenswertes über die Tiere, die ihnen begegnen. Maroni staunt und fotografiert Antilopen, Zebras, Wasserbüffel und viele andere Tiere, die im Schatten der Sträucher und Bäume grasen.

Nachts wird in einfachen Holzhütten logiert. Im Moment sitzen Maroni, Karin, Mirta, Lotte, Nella, Uli und Ajono um ein Lagerfeuer und genießen die nächtliche Stille. Ajono begibt sich rasch zum Auto, um die Landkarte für die morgige Tour zu holen. Da schreit Lotte auf: »Achtung, ein Tiger! Dahinten in den Büschen!«

Es entsteht ein wirres Durcheinander, alle Teilnehmer flüchten erschrocken in die schützenden Hütten. Der zurückgekehrte Ajono gibt aber sogleich Entwarnung. Als kurz darauf alle wieder beim Lagerfeuer sind, fährt Mirta erschrocken auf: »Mein Täschchen ist weg! Ich hab es vor Schreck liegen lassen – jemand muss es geklaut haben!«

Alle verdächtigen Ajono. Er ist als Einziger nicht in die Hütten geflüchtet. Doch Kommissar Maroni meldet sich: »Ajono wollte dieses Täschchen sicher nicht. Aber jemand anderes! Ich weiß, wer es gestohlen hat!«

Wer ist der Täschchendieb? Und weshalb ist sich Maroni seiner Sache so sicher?

Aufregung vor dem nächsten Spiel!

Fußballnationaltrainer Valdimir Petroniks ist sauer. Er war den ganzen Tag mit der Presse beschäftigt. Alle wollten etwas über seine neueste Strategie erfahren. Als er gegen 17:30 Uhr in sein Büro kommt, findet er seine streng geheimen Notizen neben dem Safe auf dem Boden! Keine Frage: Hier wollte jemand sehen, welcher Spieler am Abend zum Einsatz kommen wird und wer nicht!

Sofort ruft Petroniks Kommissar Maroni an, der heute beim Training zugesehen hat, und bittet ihn in sein Büro.

Auf dem Flur vor dem Büro stößt Maroni beinahe mit der Angestellten vom Wäscheservice zusammen. »Uh, was für ein Düftchen!«, entfährt es dem Kommissar.

»Das sind die schmutzigen Trikots! Die Spieler werfen sie nach dem Training zum Waschen in diesen Container«, erklärt die Frau entschuldigend. »Sie werden jeden Abend gewaschen, nur um am nächsten Tag sofort wieder schmutzig zu werden.«

Maroni eilt weiter. Bei Petroniks erfährt er, dass alle vier bereits im Büro versammelten Spieler Jose Drimitsch, Stemann Lichtensteig, Ballon Vehrmani und Gölan Windler heute schon einmal im Büro ihres Trainers gewesen sind. Der Kommissar will von ihnen wissen, wann und warum.

Nachdem alle Spieler Auskunft gegeben haben, stellt Maroni fest: »Hm, alle waren also alleine hier und jeder hätte den Aufstellungsplan herausnehmen können.« Doch plötzlich hat er einen Geistesblitz! Er weiß, wer der Gesuchte ist. Wem ist Maroni auf die Schliche gekommen?

Jose Drimitsch

Ich kam nach Trainingsschluss um 16:20 Uhr aus der Garderobe hier ins Büro. Ich wollte zum Arzt, wegen meines Arms. Aber er war nicht da. Dann musste ich weg!

Stemann Lichtensteig

Ich habe mein Training um 16 Uhr abgeschlossen. Danach zog ich mich um und kam gleich hier ins Büro. Ich hatte einen Termin beim Masseur. Er ist aber nicht erschienen.

Ballon Vehrmani

Ich trainierte heute nur am Morgen. Nach der Dusche kam ich hier ins Büro. Das war um 13 Uhr. Ich wollte zum Chef. Er war aber nicht da. Dann ging ich in die Stadt.

Gölan Windler

Gleich nach dem Training und der Dusche, ziemlich genau um 15:50 Uhr, suchte ich Vladimir im Büro. Er sagte gestern, er wolle mit mir sprechen. Doch er war nicht hier.

Der Schoko-Spion

Der berühmte Schoko-Osterhase Hoppsi ist der Verkaufshit der Firma SÜSS & Co. Dieses Jahr werden die Rezeptur und das Design des edlen Hasen weiter verbessert. Die Änderungen sind strengstens geheim, denn die Konkurrenz schläft nicht. Doch heute Morgen berichtet die Tagespost, was Direktor Süß so gern geheim halten wollte … Der Direktor tobt: »Wie zum Donnerwetter konnte das geschehen? Jemand hat unsere Pläne verraten!« Sofort ruft er Kommissar Maroni, um den Spion im eigenen Betrieb zu entlarven.

Lilly, die Sekretärin des Chefs, wird verdächtigt, das Leck zu sein. Sie hat als Erste von den geplanten Verbesserungen gewusst. Doch sie wehrt sich entrüstet und erklärt, dass sie am Abend zuvor um 18:15 Uhr im unteren Verbindungskorridor Rico, den Lehrling, bemerkt habe, als er soeben durch die Tür am anderen Ende des Flurs entwischte. Er habe eine graue Hose und ein dunkles Jackett getragen, zudem habe an seinem rechten Schuh die Schnalle gefehlt. Als sie das Licht im Gang angemacht habe, habe sie die Schnalle gefunden: »Sie lag auf dem Boden, genau bei dem Schrank, in dem die geheimen Unterlagen und die neue Rezeptur verwahrt sind!«

Maroni befragt Rico.

Doch Rico entgegnet: »Das ist wirklich die Schnalle von meinem Schuh. Ich vermisse sie schon seit drei Tagen! Aber ich war gestern Abend gar nicht in diesem Flur! Stattdessen fand ich eine Notiz auf meinem Pult, ich solle mich um 18 Uhr drüben im Lager melden. Dort habe ich dann über eine halbe Stunde vergeblich gewartet, es ist aber niemand erschienen!«

Maroni lässt die Ereignisse vor seinem inneren Auge nochmals ablaufen. Dann wiegt er grinsend den Kopf und erklärt: »Für mich ist der Fall klar. Ich weiß, wer lügt – und damit wohl auch die Zeitung heimlich informiert hat!«

Wen verdächtigt Maroni?

Maroni ermittelt in New York

Kommissar Maronis Freund Joe Crimsy von der New Yorker Polizei, ruft ihn spätabends an. »Hello, Maroni. Hast du Zeit, hier in New York für uns in einem Fall zu ermitteln? Wir brauchen jemanden, der perfekt Deutsch spricht. In einem deutschen Forschungslabor gibt es ein Problem!«

Wir sind an einem Fall und unsere Deutschkenntnisse sind nicht genügend! Gestern Morgen wurden im Hanse-Labor wichtige Testergebnisse vom Server gelöscht. Wir denken, dass ein Mitarbeiter von der Konkurrenz bezahlt wurde, die Daten zu vernichten!

Maroni nimmt gleich den nächsten Flieger und landet noch am selben Tag in New York.

Maroni wollte schon lange einmal nach New York, das ist die große Gelegenheit.

Joe Crimsy führt Maroni gleich nach seiner Ankunft ins Hanse-Labor, wo sich der Hauptserver befindet.

Maroni lacht: »Fall gelöst! Jetzt kann ich ja sogar noch ein bisschen New York genießen!«

Wer von den beiden hat die Daten vernichtet?

Schneehasen-Diebstahl

Professor Bunsky lädt zum Internationalen Schneehasen-Kongress nach St. Moritz. Bunsky ist einer der führenden Schneehasen-Forscher, der seit Jahren Leben und Eigenart dieser Tiere erforscht. Jetzt ist es ihm sogar gelungen, einen Zebra-Schneehasen zu züchten, den er bei dem dreitägigen Kongress der Öffentlichkeit vorstellen will. Die Ehrengäste aus Deutschland, Frankreich, England, Polen, Italien und der Schweiz sind schon am Vorabend mit ihren Fahrzeugen in St. Moritz eingetroffen. Der ausgiebige Schneefall an diesem Abend hat den Ort wie bestellt in eine wunderbare ›Schneehasenlandschaft‹ verzaubert.

Als Bunsky am Morgen des Kongresses seinen Zebra-Schneehasen im Seitentrakt des Zentrums aus dem Gehege nehmen will, stutzt er: »Verflixt, das Tier ist weg! Jemand muss es gestohlen haben!«

Bunsky ruft sofort nach Kommissar Maroni, der ebenfalls in St. Moritz weilt.

»Es kann wohl nur einer der Ehrengäste hinter dem Diebstahl stecken«, überlegt Maroni. »Nur sie hatten Zutritt zum Seitentrakt, nicht wahr?«

Maroni erkundigt sich beim Personal, ob jemand in der Nacht zuvor etwas Verdächtiges gesehen hat. Hausmeister Radek meldet sich:

»Um Viertel vor drei, als ich noch einmal Schnee räumte, sah ich im Schneegestöber ein Auto rasch aus der Kongress-Einfahrt wegfahren. Hier ein Bild der Überwachungskamera. Aber allzu viel sieht man wegen des Schneefalls nicht.«

Maroni lacht: »Alles klar! Ich weiß Bescheid!«

Bei welchem der Ehrengäste wird Bunsky den Zebra-Schneehasen finden?

Ein Verehrer geht zu weit!

Die Tanzshow der berühmten Kindel-Zwillinge Sophie und Milla ist schon seit Wochen ein Renner. Doch heute Morgen wurde Sophies Kindel-Hütchen gestohlen. Maroni eilt sofort ins Theater und die Kassiererin führt den Kommissar zu Sophies Garderobe in der ersten Etage. Sophie berichtet aufgelöst: »Ich saß in meiner Garderobe und bin kurz eingenickt. Als ich wieder erwachte, war das Hütchen weg!« Kurz darauf treffen sie sich unten im Parterre mit Milla vor deren Garderobe, gleich neben der Bühne. Da erscheinen der Bühnenwart Polle und der Lichttechniker Tilo.

»Gut, dass Sie kommen!«, sagt Maroni. »Bei den Damen gab es heute Morgen einen Diebstahl! Haben Sie etwas bemerkt?«

»Wir sind schon den ganzen Morgen unten im Keller! Wir haben nichts gehört oder gesehen«, antworten Polle und Tilo wie aus einem Mund. Maroni will die Namen der beiden in sein Notizbuch eintragen. »Oh! Wo ist mein Stift? Ich muss ihn am Tatort verloren haben. Wäre es jemandem möglich, nachzuschauen und ihn mir zu bringen?«

»Kein Problem. Ich muss sowieso rasch nach oben«, meint Tilo und eilt die Treppe hinauf in die erste Etage. Kurze Zeit später bringt er Maroni den Stift. »Er lag am Boden, direkt vor den Garderoben«, erklärt er. Maroni macht sich ein paar Notizen. Dann reibt er sich am Kinn und meint zu Sophie: »Sie werden Ihr Hütchen bald wiederhaben. Ich weiß, wer es Ihnen geklaut hat.«

Wer ist der Dieb?

Ein sicherer Treffer!

»Endlich!«, begrüßt Ehepaar Kasser Kommissar Maroni, als dieser am Morgen ihren Kiosk betritt. Frau Kasser ist immer noch außer sich: »Alle Lotterie-Lose wurden heute Nacht geklaut! Jemand muss durch den Keller hier reingekommen sein. Die Tür ist aufgebrochen.«

Maroni will wissen: »Haben Sie nachts irgendwas bemerkt?«

»Nein, wir haben doch geschlafen. Vielleicht haben die Nachbarn von gegenüber etwas gesehen«, meint Herr Kasser.

Maroni folgt Herrn Kassers Verdacht und befragt die Nachbarn, Lotte Gips und Leo Wanzing. Kurz danach lacht er: »Volltreffer!« Er kann den Kassers sagen, wer die Lotterie-Lose gestohlen hat.

Wer hat die Lose geklaut?

Lotte Gips:

Da war schon etwas. Ich ging so um 5 Uhr auf die Toilette. Da sah ich durchs Fenster jemanden durch Kassers Laden gehen. Ich dachte mir aber nichts dabei.

Leo Wanzing:

Ich schlief die ganze Nacht, da ich gestern spät nach Hause kam. Nur am Morgen hörte ich in der Nähe einen Hund bellen. Sonst bemerkte ich nichts.

Katze entführt!

Aufregung bei den Katzenfreunden. Heute steht die große Wahl zur
›Windauer Katze des Jahres‹ an. Bereits gestern hat die Jury der Kat-
zenschau Windau aus hundert Rassemiezen fünf Bewerberinnen für
das große Finale auserkoren: Napoleon, Schimmerlein, Alberto, Suzie und Fussi. Alle fünf haben die letzte Nacht im Saal in ihren Boxen
verbracht. Die stolzen Katzenbesitzerinnen Lisa Frank, Dolo Glänzer,
Helga Plüsch, Carla Moreno und Milli Süß, alle aus Windau, sind heute schon in aller Früh gekommen, um ihre Lieblinge für die Wahl vor-
zubereiten.

Da schreit Milli auf: »Wo ist denn meine Suzie? Sie ist nicht in ihrer Box!«

Suzie ist die klare Favoritin für den ersten Platz. Doch keine Spur weit und breit von der Katze! Ob dahinter eine Mitbewerberin steckt? Suzie könnte in der Nacht unbemerkt aus der Box geholt und irgendwo versteckt worden sein. Da ist sich Milli ganz sicher.

Kommissar Maroni ist heute für die Sicherheit der Veranstaltung zuständig. Er ist natürlich sofort zur Stelle und kommt gleich zur Sache. Er möchte kurz die Wohnungen der vier anderen Damen sehen. Kurz vor 12 Uhr kann der Kommissar Milli bestätigen, dass ihr Verdacht zutrifft. Sicher kann sie Suzie noch rechtzeitig vor dem Finale befreien.

Wo kann Milli ihre Suzie abholen?

LISA FRANK DOLO GLÄNZER HELGA PLÜSCH CARLA MORENO

Der Heiratsschwindler

Rosa Reich, die bekannte Millionenerbin, meldet sich bei Kommissar Maroni: »Ein Konstantin Dösel hat mir geschrieben und mir einen Heiratsantrag gemacht. Ich glaube aber, dass er es nur auf mein Vermögen abgesehen hat!« Maroni kennt Dösel vom Hörensagen, hat ihn aber noch nie gesehen. Er weiß, dass er reiche Damen bezirzt, um an ihr Geld zu kommen.

Gemeinsam mit Rosa begibt er sich ins Café Mélange. Dort soll Dösel laut Brief jeden Nachmittag zu finden sein. Im fast leeren Café setzen sich Maroni und Rosa etwas versteckt hinter ein paar Pflanzen an ein Tischchen. Bald erscheinen drei Männer. Sie setzen sich am anderen Ende an einen Tisch. Maroni fragt den Kellner, ob einer der drei Dösel sei. Der Kellner nickt: »Ja, Schnappe und Kassel sind mit ihm da.«

Maroni, der keinen der Genannten kennt, versucht zu raten: »Der links ist Kassel, der in der Mitte Dösel und der rechts Schnappe, habe ich recht?«

»Alles falsch!«, lacht der Kellner und geht wieder hinter die Theke. In diesem Moment steht der Mann in der Mitte auf und sagt: »Komm, Schnappe, gehen wir.«

Darauf erheben sich auch die beiden anderen und alle drei verlassen das Café.

»Wer war nun Dösel und wer Schnappe und Kassel?«, fragt Rosa.

Maroni grinst.

Wer ist wer?

Echtes Parfum, falsches Geld

Constanze Glanzmann bekommt Besuch von Kommissar Maroni. Sie wird verdächtigt, im edlen Laden ›Parfum-Paradies‹ mit falschen 100-Euro-Scheinen teure Parfums und Lippenstifte eingekauft zu haben. Einer Verkäuferin war sie aufgefallen. Sie hatte Maroni am Telefon berichtet: »Die blonde Frau ist mir gut in Erinnerung! Sie hatte große Ähnlichkeit mit dem Fotomodel ›Lucy‹ aus unserem Ort. Erst als sie weg war, habe ich bemerkt, dass die Blondine mir Falschgeld angedreht hat.«

»Diese Behauptung ist absurd!«, faucht Constanze empört. »Die Verkäuferin muss wohl farbenblind sein! Bin ich etwa blond? Das kann doch nur diese Lucy selbst gewesen sein.«

Doch Maroni lässt sich nicht täuschen. Auch er ist überzeugt, dass Constanze die gesuchte Betrügerin ist.

Was ist Maronis Beweis?

43

Krumme Touren

Der Fruchthändler Frischling verdächtigt seinen Lieferanten in Südamerika: Er liefere nicht die vereinbarten Bio-Bananen, sondern mit Pestiziden gespritzte Ware. Herr Frischling beauftragt Kommissar Maroni, direkt vor Ort beim Lieferanten die nächste Lieferung zu überprüfen. Maroni reist sofort nach Südamerika und kann die Ladung gerade noch begutachten, bevor sie zum Hafen gebracht und auf das Schiff geladen wird.

Er schaut sich die mit Gütesiegeln versehenen Kisten genau an. Einige werden auch geöffnet, damit er die Bananen inspizieren kann. Alles scheint diesmal in Ordnung zu sein. Doch als die Ladung eine Woche später bei Frischling eintrifft, hat der Händler erneut ein seltsames Gefühl: Hier handelt es sich doch wieder um gespritzte Bananen! Maroni, der inzwischen zurückgekehrt ist, inspiziert die gelieferte Ware. Er sieht sofort, dass die Kiste, die er in Südamerika kontrolliert hat, ausgetauscht wurde! Ein von Frischling herbeigerufener Lebensmittel-Chemiker testet die Bananen und bestätigt, dass sie gespritzt sind.

Was hat Maroni stutzig gemacht?

Gestörte Winterferien

»Endlich Ferien!«, freut sich Kommissar Maroni und schaut aus seinem Hotelzimmer in die verschneiten Berge. Da klingelt das Telefon.

Es ist Hoteldirektor Künzle: »Herr Kommissar, es tut mir sehr leid, Sie zu stören, aber können Sie bitte rasch kommen?«

»Hm, so viel zur Ruhe«, brummt Maroni und eilt in die Empfangshalle. Direktor Künzle führt Maroni in die Turm-Suite. Johann, der Page, und der Hotelarzt warten bereits auf sie. Im Zimmer liegt die berühmte Filmschauspielerin Miss Bony Milton regungslos – halb im Sessel, halb am Boden. Miss Miltons Schmuckkästchen daneben ist leer, der Schmuck weg!

»Was ist geschehen?«, fragt der Direktor seinen Pagen.

Johann stottert: »Ich brachte Miss Milton ihren Tee. Sie bat mich, die Vorhänge zu öffnen, während sie ihren Tee trank. Da läutete das Telefon. Sie nahm den Hörer ab und begann äußerst aufgeregt zu sprechen. Sie war außer sich und schrie immer lauter und wütender. Dann sackte sie plötzlich bewusstlos zusammen. Ich rannte sofort ins Büro und meldete den Vorfall. Genau in der Zeit muss jemand hier den Schmuck aus dem Kästchen gestohlen haben.«

»Interessant!«, murmelt der Hotelarzt. »Mein Schnelltest zeigt Spuren eines Schlafmittels in Miss Miltons Tee!«

Maroni fragt Johann: »Haben Sie hier irgendetwas berührt oder verändert? Das ist wichtig für die Ermittlungen!«

»Natürlich nicht. Ich lief ja sofort ins Büro!«, antwortet der Page.

»Dann ist alles klar!«, meint Maroni. »Sie selbst haben das Schlafmittel in den Tee geschüttet. Es wirkte ziemlich schnell. Sie haben darauf Miss Miltons Schmuck aus dem Kästchen gestohlen!«

Wie kommt Maroni zu diesem Schluss?

Falsches Spiel

Xherlan Thakiri, der Star der Schweizer Fußball-Nationalmannschaft, liegt mit Bauchkrämpfen auf seiner Liege in der Mannschaftskabine – Durchfall! Und das ziemlich schlimm. An einen Einsatz im WM-Spiel gegen Frankreich in einer halben Stunde ist nicht zu denken. Thakiris zwei Betreuer, der junge stellvertretende Coach Walter Kooli und Assistent Toni Bell, sind außer sich: »Verflixt, ausgerechnet bei diesem wichtigen Spiel! Das Essen war doch mit Kohlenhydraten genauestens abgestimmt! Das stinkt doch!«

Sabotage im eigenen Team? Zum Glück ist auch Fußballfan Maroni im Stadion und schnell zur Stelle. Er sieht sich in der Kabine um und lässt sich Thakiris Tagesrapport bringen. »Hm, schwaches Abführmittel um 13:35 Uhr? Seltsam ...«, murmelt er. Ihm ist sofort klar, dass bereits Thakiris Frühstück etwas beigemischt worden sein muss, da der Fußballer schon kurz darauf über Bauchschmerzen klagte. »Von wegen ›schwaches Abführmittel‹, hier wurde wohl gleich mit starkem Rizinusöl nachgeholfen!«, meint der Kommissar.

Tatsächlich findet er das Fläschchen zuhinterst im Medizinschrank.

»Ich war's nicht!«, empören sich beide Betreuer gleichzeitig.

Aber Maroni ist überzeugt: »Einer von Ihnen wurde von den Franzosen gekauft, um Thakiri für das heutige Spiel lahmzulegen. Nicht wahr, Herr Bell?«

48 Warum verdächtigt Maroni den Assistenten?

Unter Verdacht!

Nella Bork sitzt schon seit gut einer Stunde in dem vornehmen Uhrengeschäft ›Zeitle‹ und lässt sich von Olga teure Luxusuhren zeigen. Sie will immer neue Modelle sehen und Olga wird deswegen langsam misstrauisch. Will die Kundin sie nur verwirren und dann eine der Uhren stehlen? Olga wird immer nervöser: Würde sie es überhaupt noch merken, wenn eine der vielen Uhren auf dem Tischchen oder in den Auslagen fehlte?

Da betritt Kommissar Maroni das Geschäft. Er braucht ein neues Uhrenband. »Ach, Sie schickt der Himmel!«, flüstert Olga ihm zu. »Die Dame dort drüben am Tischchen lässt sich seit fast einer Stunde eine

Unmenge teurer Uhren zeigen. Ich habe ein ungutes Gefühl – können Sie die Kundin im Auge behalten, wenn ich weitere Uhren heraussuche?«

Der Kommissar nickt beiläufig und vertieft sich in die Uhrenbänder. Nachdem sich Nella die fünfzehnte Uhr angeschaut hat, sagt sie gelangweilt: »Ich kann mich einfach nicht entscheiden. Ich werde es mir nochmals überlegen. Vielen Dank und guten Tag!« Darauf verlässt sie das Geschäft.

Olga prüft sofort, ob eine Uhr verschwunden ist: »Hm, vielleicht habe ich die Dame doch zu Unrecht als Diebin verdächtigt«, meint sie entschuldigend zu Maroni.

Aber der Kommissar kratzt sich sinnend am Kinn: »Also, man kann nie vorsichtig genug sein! Die Dame ist tatsächlich eine Diebin, und zwar eine besonders raffinierte!«

Was hat Maroni bemerkt?

Einnahmen geklaut!

Maroni macht einen Ausflug nach Köppelshausen. Er ist auf der Suche nach Motiven für die Kamera seines neuen Handys. Und er wird fündig: Auf dem Köppelsplatz ist der Straßenkünstler Henning Kreitz dabei, eines seiner berühmten Kreidebilder auf das Pflaster zu malen. Zahlreiche Schaulustige ringsum staunen über seine Kunst und Maroni fotografiert eifrig, wie das Kunstwerk wächst. Aber auch Straßenkünstler müssen von irgendetwas leben und so hat Henning neben sein Gemälde einen Hut auf den Boden gelegt. Die Leute sind nicht knauserig und werfen großzügig Münzen und Geldscheine hinein.

Um 12:15 Uhr macht Henning eine kleine Pause und lässt sich auf einer Bank in der Nähe nieder, wo er seinen Rucksack und seine übrigen Sachen abgelegt hat. Maroni beginnt eine Unterhaltung mit ihm über seine Kunst. Geschmeichelt zieht Kreitz eine Mappe aus dem Rucksack und zeigt dem Kommissar und den Umstehenden Fotos einiger seiner Werke. Plötzlich schreckt der Straßenkünstler auf. Anstelle seines mit Geld gefüllten Hutes liegt jetzt eine schäbige Mütze neben dem heute begonnenen Bild – und sie ist leer! Jemand hat die Pause des Künstlers genutzt und die Hüte unbemerkt vertauscht! Der dreiste Dieb ist mit Hennings Einnahmen natürlich sofort verduftet. Doch Kommissar Maroni zieht sein Handy und kann aufgrund seiner Aufnahmen Henning rasch sagen, wer der Dieb ist. Es dauert nicht lang, bis der Täter in einem Restaurant in der Nähe gefasst wird.

Wer hat Hennings Hut mit dem Geld geklaut?

Ein Hund für Kommissar Maroni

Maroni möchte sich einen Hund zulegen und sieht sich in Ivo Bellmanns Hundegeschäft um. Bellmann zeigt ihm stolz seine zertifizierten Tiere: »Der hier wäre etwas für Sie: Nordy, ein Altdänischer Vorstehhund. Das ist ein zuverlässiger Jagd- und Spürhund. Hundertprozentig reinrassig, gezüchtet in Dänemark von Kolar Mosse, einem der weltweit führenden Züchter!«

»Oh, genau, was ich suche – ein Spürhund, der mir bei der Aufklärung meiner Fälle behilflich sein kann«, freut sich Maroni.

Bellmann fährt fort: »Diese Rasse ist sehr selten! Sehen Sie nur: Nordy ist mit einem amtlichen Zertifikat der dänischen Behörden ausgestattet. Da kann nichts schiefgehen!«

Maroni ist noch etwas unschlüssig, aber eigentlich ist der Kauf so gut wie beschlossen, denn der Hund gefällt ihm sehr. Da nennt Bellmann den Preis – und Maroni kippt fast aus den Latschen. So viel? Maroni schaut Nordy sehnsüchtig an. Plötzlich greift er sich an den Kopf und denkt: ›Ach, bin ich dämlich! Wieso habe ich das nicht gleich bemerkt! Nordy ist keineswegs eine reinrassige Züchtung, sondern vermutlich eine gewöhnliche Promenadenmischung. Bellmann spielt mit falschen Karten und hat beim Zertifikat selbst Hand angelegt – Nordy wird kaum aus Kolar Mosses Züchtung stammen!‹

»Wollen Sie mich reinlegen und mir dieses Tier als Originalzüchtung verkaufen?«, schimpft er los und lenkt dann ein: »Immerhin ist es ein schönes Tier – für die Hälfte des Preises würde ich ihn nehmen!«

Wie kommt Maroni darauf, dass Bellmann trickst?

Der Hühnerdieb

Die riesige Hühnerfarm von Geflügelzüchter Leo Hötzle ist vollge-
pfercht mit Tausenden von gemästeten Hennen der Rasse ›Hibrimax‹.
Eine sieht aus wie die andere. Hötzle liefert sein Geflügel an Super-
märkte. Gleich daneben auf Pelchmanns Hof gackern in einem großen
Freilaufgehege etwa 50 stolze, schöne ›New-Hampshire-Hennen‹.
Pelchmann verkauft die Eier seiner Hühner dem nahen Bioladen.

   Die beiden Züchter sind einander spinnefeind.

   Als Pelchmann an einem Mittag in seinem Hühnerhaus ein ziemli-
ches Gegackere hört, macht er sich zunächst keine Gedanken darü-
ber. Gegen Abend jedoch, als er im Stall die Eier holen will, bemerkt
er, dass gut zehn seiner Hühner fehlen!

   »Wo sind meine Hühner?«, ruft er. Da erinnert er sich, dass er heute
Hötzle mit seinen Leuten am Rand seines Hofes sah. Hat der Kerl am
Ende etwas mit dem Verschwinden der Bio-Hühner zu tun?

Der Biobauer ruft sofort Kommissar Maroni. Gemeinsam statten sie Hötzle einen Besuch ab. Sie sehen, wie Hötzle und seine Arbeiter eben die letzten geschlachteten und gerupften Hühner mit Eis in Schachteln verpacken, um sie an die Kunden zu liefern.

Angesprochen auf Pelchmanns fehlende Hennen, reagiert Hötzle ziemlich harsch: »Keine Ahnung, wo sich deine Hühner herumtreiben. Bei mir sind sie jedenfalls nicht aufgetaucht. Ich habe ja wohl genug davon!«

Doch für Maroni ist klar: Hötzle hat Pelchmanns Hühner gestohlen und zusammen mit seinen geschlachtet.

Was hat Maroni entdeckt?

Feierabend!?

Kommissar Maroni besucht den Münzenladen von Perro Kipf. Dort wurde in der letzten Zeit dreimal eingebrochen. »Aber jetzt habe ich eine Alarmanlage«, verkündet Kipf stolz.

   Es ist eben 18:30 Uhr und Frau Zeller, die Buchhalterin, verabschiedet sich. Ihr Freund wartet bereits mit dem Motorrad vor dem Geschäft. Die beiden brausen davon.

»Wollen Sie die Steuerung des Alarms sehen?«, fragt Kipf, als auch Herr Walton, der Verkäufer, einen schönen Abend wünscht und in den 18:37-Uhr-Bus gleich vor dem Laden steigt. Maroni folgt Kipf in sein Büro.

In diesem Moment ruft auch Mauro Beck, der dritte Angestellte, »Adieu!«.

Kipf zuckt kurz zusammen, als Mauro die Ladentür wie immer zu laut zuschlägt. Dann zeigt er auf die Steueranlage an der Wand: »Die Anlage ist direkt mit dem Polizeirevier um die Ecke verbunden. Wenn jemand eine Scheibe einschlägt, können sie in 30 Sekunden hier sein!« Maroni nickt bewundernd und verlässt zusammen mit Kipf den Laden. Kipf schließt die Eingangstür. »Sehen Sie? Die Tür ist automatisch abgeschlossen, wenn man sie von außen zumacht. Von innen kann man sie mit einem Drehknopf öffnen. Ich habe den einzigen Schlüssel!«

Die beiden verschwinden in einer nahen Kneipe. Doch als sie eine Stunde später zurückkehren, stehen vier Polizisten vor dem Laden! Die Scheibe der offenen Ladentür ist eingeschlagen. Ein Polizist meldet: »Hier wurde eingebrochen. Die Alarmanlage ging los, wir waren in 40 Sekunden da, doch der Täter war schon weg!«

Kipf sieht gleich, dass viele Münzen fehlen. »Wie kann jemand in 40 Sekunden die Scheibe einschlagen, die Tür öffnen, die Münzen klauen und wieder abhauen?«, stöhnt er.

Da meldet sich Maroni: »So wie die Scherben liegen, wurde die Scheibe erst eingeschlagen, als der Dieb den Laden mit der Beute wieder verließ! Mir ist klar, wer der Täter ist!«

Wer ist der Täter?

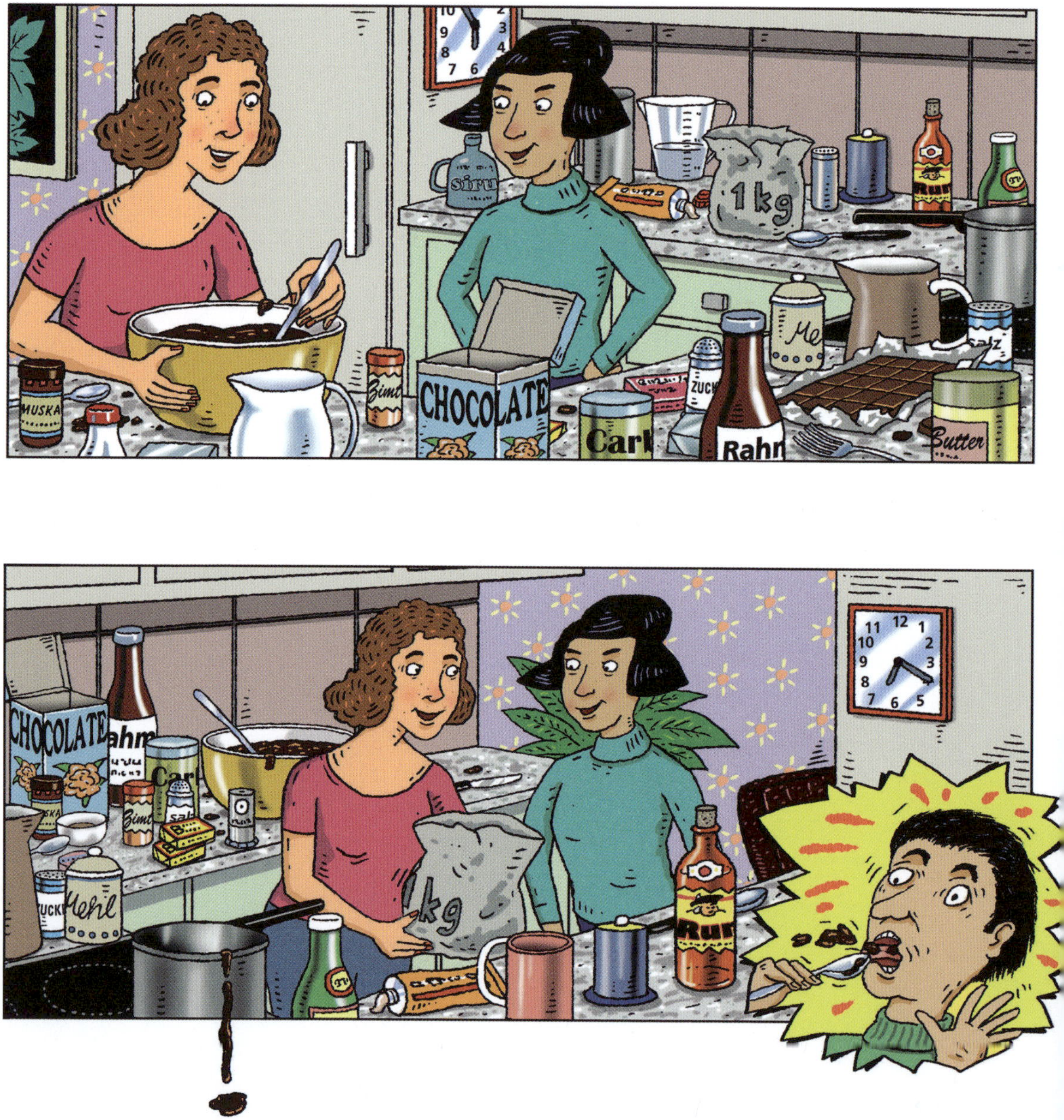

1 kg
CHOCOLATE
MUSKA
Butter
Salz
CHOCOLATE
Mehl

Die süße Überraschung

»Mmh, das duftet ja herrlich«, ruft Kommissar Maroni. Er ist bei seinem Freund Joe Lups zu Besuch und steckt seine Nase kurz in dessen Küche. Dort ist Joes Tochter Linda gerade dabei, eine Mousse au chocolat zu machen. Sie ist für Kevin bestimmt, der morgen seine große Geburtstagsparty feiert. Linda ist hoffnungslos in den Jungen verliebt und will ihn mit der Mousse überraschen. Auch Lindas Freundin Tracy ist zu Besuch und verfolgt die Entstehung des Desserts. Sie ist ebenfalls zu der Party eingeladen. Was Linda leider nicht weiß: Auch Tracy ist in Kevin verliebt! Als kurz nach sechs das Telefon klingelt, geht Linda kurz aus der Küche. Danach stellt sie die Mousse fertig und schiebt die Schüssel vorsichtig in den Kühlschrank. Anschließend reden die beiden noch über die anstehende Party, dann geht Tracy heim.

Am nächsten Tag will Linda Kevin auf seiner Geburtstagsparty mit ihrer Köstlichkeit entzücken. Die Überraschung ist wirklich gelungen: Kevin bedient sich herzhaft – und … spuckt alles wieder aus! »Wähh! Was hast du denn da zusammengebraut? Das ist ja völlig ungenießbar!«, schreit er. »Willst du mich vergiften?« Linda ist fassungslos. Da beobachtet sie Tracys schadenfrohes Lächeln. Nanu, hat Tracy am Ende etwas mit der Sache zu tun? Bestürzt ruft sie Kommissar Maroni an. Der war ja vor Ort, als Linda die Mousse bereitete, und kann Linda am Telefon ein paar Tipps geben und sie stellt fest, dass seine Vermutungen richtig sind. Tracy hat tatsächlich ihre Finger im Spiel gehabt!

Was hat Linda entdeckt?

Undercover!

»Wir müssen in Dr. Kellhofs Haus eine Wanze anbringen!«, knurrt Lorze, der glatzköpfige Schurke. »Nur mit diesem Abhör-Mikrofon erfahren wir mehr über seine Erfindung!«

Willi zischt verschmitzt: »Hm, morgen ist Halloween … Da könnte sich einer von uns verkleidet unter die Kids mischen. Wir klingeln bei Kellhof und versuchen, mit einem Trick ins Haus zu kommen und die Wanze zu verstecken.«

»Keine schlechte Idee! Aber wer von uns beiden übernimmt den Job?«, fragt Lorze.

»Na, wer wohl?«, lacht Willi.

Am Halloween-Abend ziehen viele Kinder in den verrücktesten Kostümen von Haus zu Haus und bitten um Süßigkeiten. So auch bei Kellhofs. Frau Kellhof lädt die ›Bettler‹ sogar auf einen warmen Punsch ins Wohnzimmer ein. Sie ahnt nicht, wen sie damit ins Haus bittet!

Eine Woche später fliegt die Abhör-Aktion jedoch auf, die Wanze wird in Kellhofs Wohnzimmer gefunden. Kommissar Maroni kann die Spur bis zu den zwei Gaunern verfolgen und macht sie dingfest. Wäre Maroni schon an Halloween an Ort und Stelle gewesen, hätte er den Spitzel wohl gleich enttarnt!

Wo steckt der verkleidete Spitzel?

Entführung im Zoo

Zoodirektor Hemmler hält ungläubig den Telefonhörer in der Hand. Zwischen lautem Affengekreische vernimmt er Zoowärter Zöbecks aufgeregte Stimme: »Herr Dr. Hemmler, entschuldigen Sie den Lärm, ich bin im Affen-Gehege. Ich habe gerade beobachtet, wie ein Kerl eines unserer Schleiereulen-Babys geklaut hat!«

Hemmler ist außer sich. Es hat ewig gedauert, bis die Schleiereule endlich Nachwuchs bekam. Und jetzt das! Schnell ruft er Maroni an. Der kommt sofort und eilt mit Hemmler zu Zöbeck, der sie schon am Eulen-Gehege erwartet. Zöbeck berichtet erregt: »Ich war bei den Schimpansen und sah, wie so ein mittelgroßer Typ von den Eulen-Gehegen den Weg zu den Affen herunterrannte. Er trug eine Holzkiste mit Luftlöchern unterm Arm. Ich rief sofort Dr. Hemmler an und lief dem Kerl hinterher! Beim Ausgang habe ich ihn aus den Augen verloren.«

Kommissar Maroni schaut sich das Türschloss beim Eulen-Gehege an. Es ist zu seinem Erstaunen nicht verschlossen. Es kann also gut ein Fremder Zugang gehabt haben. Doch Maroni ist sich sicher, dass der Dieb in den eigenen Reihen zu finden ist.

Wer ist der wirkliche Dieb?

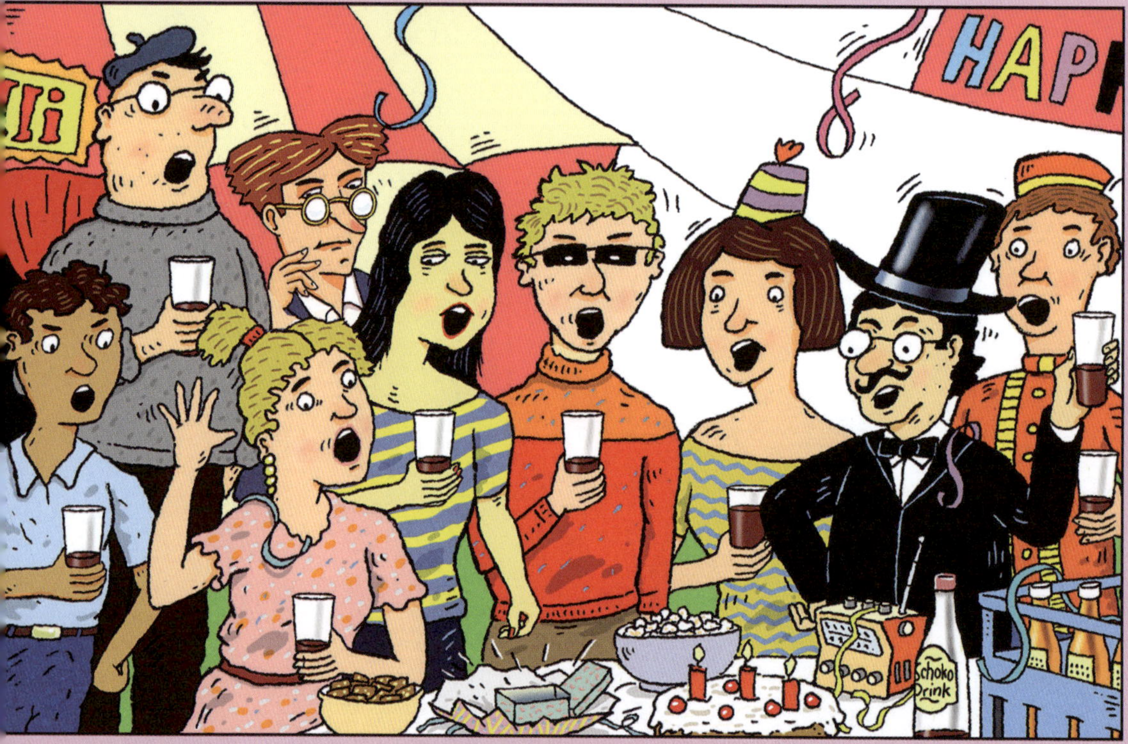
HAP
Schoko Drink

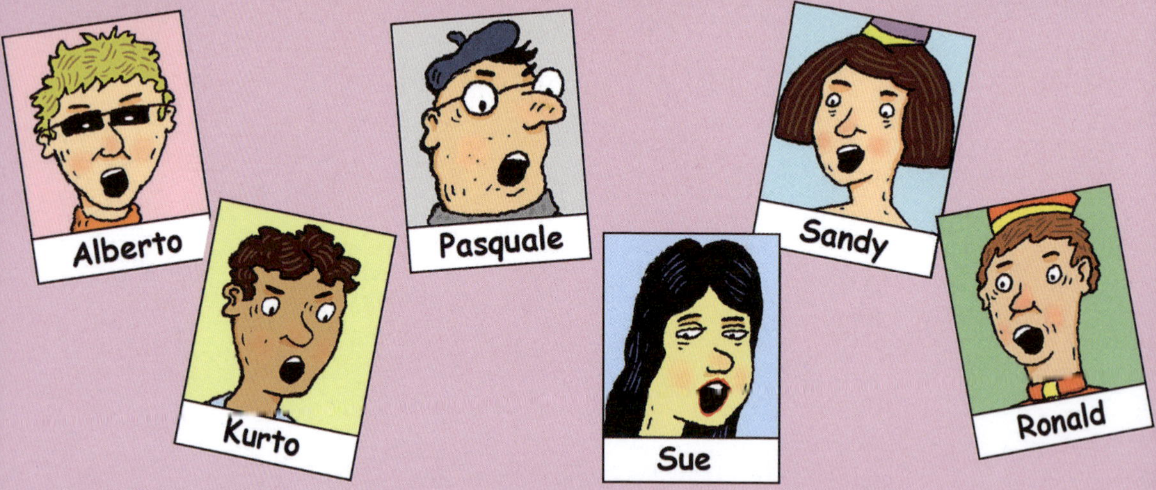
Alberto
Kurto
Pasquale
Sue
Sandy
Ronald

Zur Feier des Tages

Elda, Seiltänzerin im Zirkus Barinelli, feiert heute mit einigen ihrer Freundinnen und Freunde Geburtstag. Direktor Schmauss lädt zu einem Umtrunk. Da Elda keinen Alkohol mag, gibt es kalten Kakao. Das ist ihr Lieblingsgetränk – und sie weiß, dass es auch alle Gäste lieben.

Elda bekommt nette Geschenke. Direktor Schmauss schenkt ihr sogar ein wunderschönes goldenes Armband. Alle staunen und freuen sich mit ihr. »Trinken wir auf Elda. Dass sie noch lange bei uns auf dem hohen Seil tanzt!«, ruft der Direktor. Alle nehmen einen beherzten Schluck aus ihren Gläsern.

»Und auch einen Toast auf meinen lieben Freund, Kommissar Maroni, der extra zur Feier gekommen ist!«, sagt Elda. Wieder heben alle ihr Glas und trinken auf den Kommissar. Es wird herzlich gelacht und Maroni beginnt von seinen Verbrecherjagden zu erzählen.

Doch plötzlich ein schriller Schrei! Elda keucht entsetzt: »Mein goldenes Armband ist weg! Jemand muss es unbemerkt aus der Schachtel gestohlen haben!«

»So eine Gemeinheit! Gut, dass Kommissar Maroni hier ist«, ruft Direktor Schmauss. »Er wird den Dieb hoffentlich finden!«

»So ist es«, lacht Maroni. »Ich weiß schon, wer das Armband geklaut hat und es an einem ziemlich ungewöhnlichen Ort verschwinden ließ!«

Wer ist der Dieb und wo ist das Armband versteckt?   **67**

Zweifelhafter Sieg

Der ›Bad Hohlstein-Lauf‹ feiert 20-jähriges Jubiläum. Neben der Siegertrophäe gibt es deshalb noch einen Geldpreis zu gewinnen. Die 20 Kilometer lange, rot markierte Hauptstrecke für die Profis führt durch den Hohlsteinwald und durch das Becker Ried zurück zum Ziel auf dem Dorfplatz. Viele Profiläufer aus aller Welt sind am Start. Für sie ist der seit drei Tagen anhaltende Regen kein Hindernis, obwohl der Boden im Wald und Ried völlig durchweicht ist. Da haben es die Amateure auf ihrer kürzeren, blau markierten Strecke durch das Städtchen um einiges leichter. Beide Rennen werden gleichzeitig gestartet. Um 15 Uhr erreichen die ersten Amateure das Ziel. Die schnellsten Profis werden etwa in einer knappen Stunde erwartet. Doch die Zuschauer staunen nicht schlecht, als kurz nach 15:20 Uhr die Nummer 87 als Sieger der Profis durchs Ziel sprintet: Vik Poller, der Briefträger von Bad Hohlstein – mit gut 30 Minuten Vorsprung auf die gesamte Elite!

Der Bürgermeister kratzt sich am Ohr. Wie kann das sein? Poller ist zwar ein durchtrainierter Sportler, aber dass er gleich alle Profis hinter sich lässt? Der Bürgermeister zwinkert Maroni zu, der unter den Zuschauern weilt. Maroni nickt: »Da ist was faul!«

Angesprochen auf den Verdacht, reagiert Vik empört: »Dummes Zeug! Ich habe mich eben gut vorbereitet und bin einfach topfit!« Doch Maroni ist längst klar, warum Poller mit so viel Vorsprung ins Ziel kam.

Was ist Maronis Beweis, dass Poller den Sieg nicht verdient hat?   **69**

Wer ist der Ticket-Dieb?

Kommissar Maroni will in Ollis Kiosk Kaugummi kaufen, doch Olli empfängt ihn ziemlich aufgelöst: »Sie schickt der Himmel! Soeben wurden mir alle Tickets für die Halbfinalspiele und das Finale der Fußball-EM nächste Woche geklaut! Vor fünf Minuten kam ein kleiner dicker Mann in den Laden. Er fragte nach einer Zeitschrift. Als ich sie holte, schnappte er sich die EM-Tickets von der Theke und machte sich aus dem Staub!«

Maroni murmelt: »Vor fünf Minuten? Da kann er ja noch nicht weit sein!«

Draußen will eine Frau gesehen haben, wie der Mann zur großen Einkaufsstraße hinabgerannt ist. »Er trägt ein grünes T-Shirt mit einem Tigerkopf drauf!«, ruft sie Maroni hinterher.

Kaum ist Maroni unten in der Einkaufsstraße angekommen, entdeckt er bei der Würstchenbude einen Mann, auf den die Beschreibung passt. Der Kommissar stellt ihn sofort zur Rede: »Sie waren doch eben in Ollis Kiosk und haben die EM-Tickets geklaut!«

»Was?«, schreit der Mann. »Das war nie und nimmer ich! Ich weiß nicht einmal, wo dieser Olli seinen Kiosk hat. Zudem war ich die ganze Zeit hier unten im Kaufhaus!«

»Das werden wir ja sehen«, meint Maroni. »Kommen Sie bitte mit. Ich bin mir sicher, dass Olli Sie wiedererkennt!«

Der Mann wehrt sich energisch, doch für Maroni ist der Fall klar.

Wodurch hat sich der Dieb verraten?

Weltreise zu gewinnen

Kommissar Maroni und sein Freund Dr. Fliegel sitzen im Restaurant gleich gegenüber dem Gebäude, in dem Fliegel ein kleines Reisebüro betreibt. Um 22 Uhr ruft Fred, der Wachmann, Dr. Fliegel an: Er habe vor dem Reisebüro soeben eine fremde Person erwischt. Sofort eilen Fliegel und Maroni hinüber zum Büro. Im Korridor vor Fliegels Büro treffen sie auf Fred und Doritta, die Bewohnerin der Dachwohnung im Haus. Fred berichtet aufgeregt: »Auf meinem Rundgang draußen ums Haus bemerkte ich, dass in Ihrem Büro noch Licht war. Für mindestens eine halbe Stunde. Ich dachte, Sie arbeiten noch, doch zurück im Haus sah ich plötzlich diese Dame hier herumschleichen!

Dr. Fliegel hat sofort eine Vermutung: Doritta könnte die Auflösungen der Rätsel zum großen Ferien-Wettbewerb in seinen Akten gesucht haben. Es winkt nämlich ein toller Hauptpreis! Eine 20-tägige Weltreise! Doritta aber wehrt sich energisch: »Das ist Blödsinn. Ich bin nur hier an der Tür vorbeigekommen, weil ich im Wäscheraum gleich nebenan war! Fred muss sich im Raum getäuscht haben: Bei den Waschmaschinen brannte das Licht und nicht in Dr. Fliegels Büro. Die Räume liegen ja direkt nebeneinander!«

Maroni räuspert sich und sagt: »Hm, das war also vor knapp einer Minute. Da ist es ja nicht schwer herauszufinden, in welchem der beiden Räume Doritta wirklich war!« Kurz darauf weiß Maroni, dass Doritta lügt, auch wenn im Büro scheinbar nichts berührt wurde.

Wie hat Maroni das herausgefunden? 73

Den Diamanten verfallen

Wie jedes Jahr stößt die weltberühmte Diamanten-Ausstellung im Rathaus auf großes Interesse. Doch das Großereignis zieht leider auch dubiose Gestalten an und es wird gemunkelt, dass auch Tina Mautzer in der Stadt sein soll. Tina ist für ihre Diamanten-Diebstähle berüchtigt: Bisher konnte sie immer unerkannt entwischen und niemand weiß, wie sie wirklich aussieht! Sie soll, wie immer, mit einem gestohlenen Auto unterwegs sein.

Kommissar Maroni wurde beauftragt, das Rathaus von außen zu überwachen. Es ist Abend und es herrscht emsiges Treiben. Maroni kann bis jetzt nichts Verdächtiges feststellen, doch er weiß, dass Tina die tollsten Tricks anwendet und mit fiktiven Firmenaufschriften oder selbst gefälschten Nummernschildern für ihre Autos arbeitet. So kann man diese nicht sofort in der Liste gestohlener Autos ausfindig machen. Maroni beobachtet die vielen rund um das Rathaus geparkten Wagen und die ankommenden und wegfahrende Fahrzeuge. Aber alles scheint normal. Nach etwa einer Stunde knurrt dem Kommissar dermaßen der Magen, dass er sich rasch in einer Seitenstraße etwas zu essen besorgt. Dort fällt ihm plötzlich ein Auto auf, das ihm bekannt vorkommt. Hat er es nicht kurz zuvor schon gesehen? Er merkt gleich, dass mit dem Fahrzeug etwas nicht stimmt.

»Das muss Tinas Auto sein!«, murmelt Maroni. Und tatsächlich: Kurz darauf können Polizeibeamte Tina festnehmen, als sie aus einem Café kommt und in den Wagen einsteigen will.

Was hat Maroni stutzig gemacht?

Maroni fliegt mit …

Jonas Manzell ist ein berüchtigter Ge-
heimagent. Maroni soll ihn aufspüren, hat
ihn aber noch nie persönlich gesehen
und es gibt auch kein Foto von ihm. Maroni weiß nur, dass Manzell heute Nachmittag einen Flug nach Prag gebucht hat und von zwei
Mittelsmännern zum Flughafen begleitet wird. Doch Vorsicht, Manzell
darf keinen Wind von der Verfolgung bekommen!

Am Flughafen hält Maroni sich im Hintergrund. Durch die Milchglas-
scheibe kann er aus sicherer Distanz beobachten, wie sich die Passa-
giere zur Sicherheitskontrolle begeben. Plötzlich sieht er drei Gestalten hinter der matten Scheibe durcheilen. Eine davon begibt sich zur
Kontrolle, die zwei andern entfernen sich rasch wieder zum Ausgang.
Derjenige, der durch die Kontrolle geht, muss also Manzell sein! Zum
Glück ist Maroni schnell genug, um die drei mit seinem Handy durch
die matte Glasscheibe zu fotografieren – jetzt hat er ein Profilbild
von Manzell und seinen zwei Begleitern. Schnell zückt Maroni seinen
Dienstausweis und verschafft sich unauffällig Zutritt zum Flieger. Mit
dem Handyfoto sollte es ihm leichtfallen, den Agenten unter den Pas-
sagieren ausfindig zu machen.

Und tatsächlich …

Welcher der drei hinter der Scheibe ist Manzell und wo sitzt er im
Flieger?

Rätsel um den Aktenkoffer

① FUNDBÜRO

Wir haben von der Bootsvermietung >Welle< einen Aktenkoffer erhalten, der dort angeschwemmt wurde. Im Koffer sind wohl geheime Konstruktionspläne. Ein Hinweis auf den Besitzer fehlt aber. Komischerweise haben sich jetzt gleich zwei Herren bei uns gemeldet. Jeder behauptet, dass es sein Koffer sei!

③

Ich war gestern auf der Brücke dort drüben, sehen Sie? Ich stellte den Aktenkoffer kurz auf das Geländer. Wie dumm von mir! Plötzlich fiel er in den Fluss. Gut, dass Sie ihn bei der Bootsvermietung aus dem Wasser gefischt haben.

Roi Starkel

④

Moment mal! Ich bin es, dem der Koffer gehört! Ich saß auf der Terrasse des Restaurants >Walfisch< am Fluss. Als ich mich erhob, um zu gehen, stieß ich den Koffer dummerweise mit dem Fuß unter dem Geländer durch in den Fluss. Glücklicherweise blieb der Koffer bei der Bootsvermietung hängen!

Willi Koppler

Kommisar Maroni besucht anschließend noch die Bootsvermietung ›Welle‹. Kurz darauf weiß er, wer lügt und wem der Aktenkoffer gehört.

Wem kann der Koffer nur gehören?

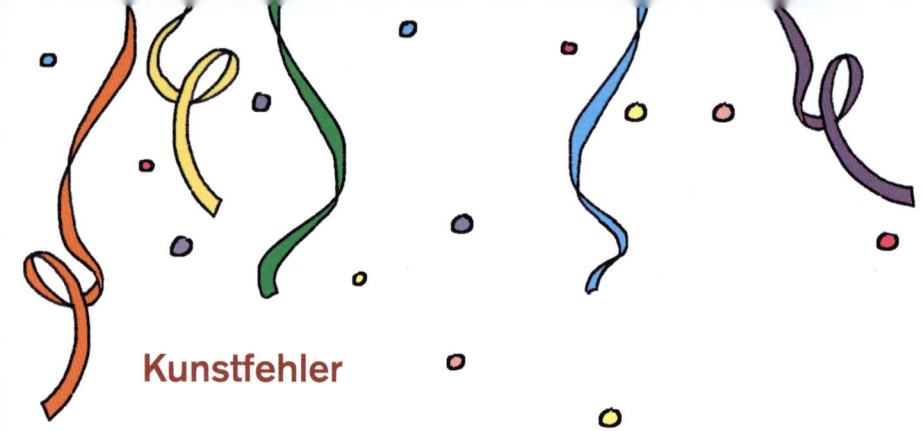

Kunstfehler

Maroni ist zu Besuch im Atelier des Künstlers Marco Pinselli. Der Kommissar folgt einer heißen Spur: Marco soll beim Maskenball letzten Sonntag die Kasse mit allen Einnahmen gestohlen haben. Marco sitzt auf seinem Sofa bei einer Tasse Kaffee. Als Maroni seinen Verdacht äußert, ist der Künstler entrüstet: »Ich kann diese Kasse gar nicht entwendet haben! Letzten Sonntag war ich bei einer Ausstellung in Luzern.«

Doch Maroni grinst: »Wir haben Beweise. Unter den zahlreichen Fotos des Ballfotografen haben wir eines von Ihnen gefunden: Sie schminken gerade eine Dame. Von wegen, Sie seien in Luzern gewesen…« Maroni hält Marco das Bild unter die Nase.

Pinselli ruft empört: »Das bin nicht ich! Da muss sich einer, der mir wirklich sehr ähnlich sieht, als Marco Pinselli ausgegeben und dann die Kasse geklaut haben! Echt dreist – jetzt hält man natürlich mich für den Dieb!« Als Marco das Foto genauer betrachtet, lacht er plötzlich erleichtert: »Moment, hier ist der Beweis! Der Kerl sieht mir zwar täuschend ähnlich, aber er hat einen Fehler gemacht!«

80 Welchen Fehler meint Marco?

Party mit Zwischenfall

Bei Eva Mirling geht heute eine Mega-Party ab! Doch plötzlich wird die fröhliche Runde durch einen Schrei aufgeschreckt: »Wer war das?«, ruft Eva wütend aus ihrem Zimmer. »Wer hat das signierte Foto von Robbie Williams aus meinem Zimmer geklaut?«

Die jungen Gäste drängen in den Flur vor Evas Zimmer und starren sie ungläubig an. Coco, Evas Papagei, sitzt auf dem Schrank und krächzt wie wild. »Coco weiß wahrscheinlich, wer der Täter ist!«, schreit Eva. Alle stehen mäuschenstill da, als Eva plötzlich auf Ricky zugeht: »Woher hast du denn diese Schramme auf der Wange? Die ist ja noch ganz frisch!«, fragt sie. »Kann es sein, dass dir Coco mit ihrem Schnabel eine verpasst hat, als du in meinem Zimmer in meinen Sachen herumspioniert hast?«

Ricky winkt ab: »Du willst doch nicht behaupten, dass ich das Foto dieses doofen Typen geklaut habe?«

»Dann erkläre uns doch mal, woher du die Schramme hast?«

»Tja, ich musste mal dringend aufs private Örtchen. Ich war in solcher Eile, dass ich diesen blöden Kaktus hier streifte. Zufrieden?«

Auch Evas Onkel, niemand Geringerer als Kommissar Maroni, der ebenfalls zur Party eingeladen ist, hat den Zwischenfall mitbekommen und Ricky zugehört. »Junger Mann«, mischt er sich ein, »deine Geschichte stinkt! Die Schramme stammt von Coco, als du in Evas Zimmer herumgeschnüffelt hast! Rück das Foto raus, aber schnell!«

Wieso glaubt Maroni Ricky nicht?

Das Prachtstück

In Schönwil wird der Jahreswechsel auf ganz besondere Weise gefeiert. Am Silvesterabend gibt es um 17 Uhr auf dem Marktplatz eine feine Schinkenkeule und Glühwein für alle. Heute ist es wieder einmal so weit, trotz Schnee und eisiger Kälte! Doch der Metzger staunt nicht schlecht, als er um 16 Uhr nach kurzer Abwesenheit zu seinem Topf zurückkehrt: Der Schinken, der schon seit vier Stunden darin gekocht hat, ist verschwunden! Jemand muss das Prachtstück gestohlen haben! Zum Glück ist Kommissar Maroni da. Er wollte das Fest selbst einmal miterleben und ist sofort bereit, den Dieb zu finden. Der Metzger hat auch schon einen Verdacht: »Da steckt sicher der alte Zwickler dahinter! Ein streitsüchtiger Eigenbrötler, der die meiste Zeit in seiner alten Holzhütte oben im Wald verbringt. Er hat noch letzte Woche geschimpft, ich wolle nur an dem berühmten Brauch verdienen!« Maroni warnt vor voreiligen Schlüssen, will aber mit Zwickler

sprechen. Wie vermutet ist der Alte nicht zu Hause, sondern in seiner Waldhütte. Sofort macht sich Maroni auf den Weg. Sein einstündiger Marsch durch dichtes Schneetreiben wird belohnt: Zwickler ist tatsächlich da und öffnet mürrisch die Tür. Maroni tritt ein, grüßt und fragt gleich, ob Zwickler etwas über den entwendeten Schinken wisse. »Ha, jetzt denkt ihr wohl, ich hätte das Ding geklaut!«, fährt Zwickler ihn an. »Da seid ihr aber schön auf dem Holzweg. Ich war den ganzen Tag hier in der Hütte. Da kann ich ja wohl kaum den Schinken gestohlen haben!«

Doch für Maroni ist sofort klar, dass Zwickler lügt: Er hält sich erst seit Kurzem in der Hütte auf! ... und ist somit vermutlich auch der Dieb!

Wieso ist Maroni dieser Meinung?

Lösungen

Top Secret!

Es ist November, doch auf Vilas Foto sind die Bäume und Sträucher grün und die Blumen blühen. Das Bild muss also schon vorher im Sommer gemacht worden sein. Also hat Vila das Parfum entwendet.

Marthas magische Glaskugel ist weg

Martha hätte Nicos Glöckchen an den Ohren hören müssen, als sie gedöst hat. Karlo, der Nico beschuldigt, lügt. Er ist der Dieb und versucht Nico die Tat in die Schuhe zu schieben.

Fangt den Umweltsünder!

In Nosils Wohnzimmer hängt sein Porträt mit Katze an der Wand. Im Hintergrund sieht man sein Bettgestell, das jetzt im Bach liegt.

Kein schlauer Dieb ...

Mock muss erst noch vor Kurzem in seinem Zimmer einen Whisky mit Eis genossen haben. Die Eiswürfel wären um Viertel vor fünf schon längst geschmolzen, wenn er seit 8 Uhr morgens weg gewesen wäre. Damit Hulda glaubt, dass er weg war, kletterte er aus seinem Zimmerfenster nach draußen und betrat die Pension gleich wieder durch den Haupteingang.

Ein Wintermärchen

Es führt nur eine Spur im Schnee durch den Park zum Haus. Konsing sagt aber, dass er den Täter gesehen habe, wie er durch den Park zurück in den Wald geflüchtet sei. Konsing muss also die eine Spur zum Haus selber gelegt, aber die zweite Spur, zurück in den Wald, vergessen haben.

Torte für Liebhaber

Leo sagt, dass er schon vor der Lichtpanne eingeschlafen sei. Woher weiß er dann, dass das Licht ausgegangen ist? Er muss seinen Schlaf vorgetäuscht haben und während der Dunkelheit unbemerkt in die Küche geschlichen sein.

Auf den Hund gekommen

Maroni hat ein untrügliches Gedächtnis: Als er morgens zu Miefs Haus kommt, merkt er sofort, dass das Motorrad an etwas anderer Stelle steht als am Abend zuvor. Also war Mief damit nachts unterwegs!

Musik für Maroni

Der Herr mit dem großen braunen Schnurrbart, auf der rechten Seite beim Flughafen-Ausgang, ist der Schmuggler. Er trägt einen großen Kontrabass-Koffer mit sich. Im Konzert spielt er aber Violine. Also hatte neben der Violine noch viel Platz für geschmuggelten Kaviar in seinem Kontrabass-Koffer.

Eiskalte Erpressung

Fräulein Uschi kennt die Baronin erst kurze Zeit, da sie vom Hotel angestellt ist, und denkt fälschlich, dass der Hund ›Luffy‹ heißt. Gottfried und Johann hätten den Namen Lussy richtig geschrieben. Sie ist die Erpresserin.

Maroni auf Safari

In Afrika leben keine Tiger. Das zeigt auch die Tafel am Eingang des Parks. Der Tiger war nur ein Vorwand Lottes, um an Mirtas Tasche zu kommen!

Aufregung vor dem nächsten Spiel!

Ballon Vehrmani sagt, er habe nur morgens trainiert, doch das kann nicht stimmen, denn sein Trikot liegt ganz oben im Container. Er muss die Garderobe also als Letzter verlassen haben.

Der Schoko-Spion

Lilly sagt, sie habe den Lehrling Rico im noch dunklen Korridor (das Licht war ja noch nicht an) nur kurz von hinten gesehen. Da kann sie wohl kaum erkannt haben, dass die Schnalle an Ricos rechtem Schuh fehlt, zumal er ihr den Rücken zudrehte, um am Ende des Korridors durch die Tür zu gehen. Sie hat die Schnalle schon Tage zuvor gefunden und will damit ihre eigene Tat Rico in die Schuhe schieben.

Einnahmen geklaut!

Auf Maronis Foto kann man den Mann im ockergrünen, gestreiften Pullover mit der blauen Mütze, die später anstelle des Hutes da liegt, in der Hand sehen. Er hat sich auf unlautere Weise sein Mittagessen verdient.

Ein Hund für Kommissar Maroni

Die Hauptstadt Dänemarks ist Kopenhagen und nicht Stockholm. Das ist die Hauptstadt Schwedens. Ivo muss demnach das Zertifikat selber angefertigt haben!

Der Hühnerdieb

Die Hühner der Rasse ›Hibrimax‹ sind weiß, Pechelmanns New-Hampshire-Hühner hingegen sind braun. Es liegen aber einzelne braune Federn unter den vielen weißen am Boden in Hötzles Stall!

Feierabend!?

Als Kipf und Maroni sich im Büro aufhielten, sahen sie Mauro nicht wirklich weggehen, sondern hörten nur, wie er die Tür laut zuschlug. Mauro ging aber gar nicht weg, sondern versteckte sich im Geschäft. So konnte er sich, während Kipf und Maroni in der Kneipe waren, in aller Ruhe an den Münzen bedienen. Beim Weggehen schlug er die Türscheibe ein, um einen Einbruch vorzutäuschen.

Wer ist der Ticket-Dieb?

Der Mann behauptet, Ollis Kiosk nicht zu kennen. Er sagt aber, er sei immer »hier unten« im Kaufhaus gewesen. Also muss er wissen, dass Ollis Kiosk »oben« ist, und hat sich dadurch verraten. Demzufolge ist er auch der Ticket-Dieb.

Weltreise zu gewinnen

Maroni hat in Fliegels Büro und im Wäscheraum die Lampen berührt. In Fliegels Büro war sie noch warm. Im Wäscheraum kalt!

Den Diamanten verfallen

Den grauen Lieferwagen in der Seitenstraße hat Maroni schon vorher gesehen. Auf den Nummernschildern vorn und hinten ist die Reihenfolge der Zahlen vertauscht. Da hat Tina nicht aufgepasst beim Fälschen!

Maroni fliegt mit ...

Manzell ist auf Maronis Foto ganz rechts zu sehen. Im Flugzeug sitzt er auf der linken Seite, sechste Reihe in der Mitte.

Rätsel um den Aktenkoffer

Der Fluss fließt Richtung Brücke, wie auch die Angelschnur zeigt. Der Koffer kann also nur vom Restaurant Walfisch her bei der Bootsvermietung angeschwemmt worden sein. Willi Koppler ist der Besitzer des Koffers.

Marco Pinselli ist Linkshänder, er hat seinen Bleistift hinter das linke Ohr gesteckt. Auf dem Foto des Ballfotografen am Maskenball schminkt der Doppelgänger die Dame jedoch mit der rechten Hand.

Ricky lügt. Er sagt, dass er auf dem Weg zum WC zu nahe am Kaktus vorbeigeeilt sei und sich daran verletzt habe. Da müsste die Schramme auf der linken Wange sein. Da sie aber rechts ist, muss ihm Coco, der Papagei, beim Herumschnüffeln in Evas Zimmer eine verpasst haben. Also hat er das Foto geklaut.

Das Ofenrohr der Hütte ist mit Schnee bedeckt. Zwickler ist also erst seit Kurzem in der Hütte und macht eben Feuer im Ofen, sonst wäre der Schnee schon längst geschmolzen.